BELLA B.

Weisheiten einer Hure

Doppelleben

VINDOBONA
VERLAG · SEIT 1946

Bibliografische Information
der Deutschen Nationalbibliothek:

Die Deutsche Nationalbibliothek
verzeichnet diese Publikation in
der Deutschen Nationalbibliografie.
Detaillierte bibliografische Daten
sind im Internet über
http://www.d-nb.de abrufbar.

www.vindobonaverlag.com

© 2025 Vindobona Verlag
in der novum publishing gmbh
Rathausgasse 73, A-7311 Neckenmarkt
office@vindobonaverlag.com

ISBN 978-3-903579-21-7
Lektorat: David Pavlas
Umschlag- & Innenabbildungen:
Georg Pomassl
Umschlaggestaltung, Layout & Satz:
Vindobona Verlag

Die von der Autorin zur Verfügung
gestellten Abbildungen wurden in der
bestmöglichen Qualität gedruckt.

Gedruckt in der Europäischen Union
auf umweltfreundlichem, chlor- und
säurefrei gebleichtem Papier.

Inhaltsverzeichnis

Begonnen hat alles vor genau 2 Jahren. Ich hatte die Scheidung eingereicht und mich von meinem damaligen Mann getrennt. Der erste Schritt in eine neue Richtung, in meine Richtung, zu mir selbst. Ich denke, jeder Schritt führt einen zu sich selbst. Wenn man sich entfremdet, kann man genau durch diese Entfremdung wieder bei sich selbst ankommen. Ich habe damals noch studiert, meinen Abschluss habe ich erst während meines Doppellebens gemacht.

Ich stand also da mit meinem Kind. Alleinerziehend, voller Zuversicht und mit kleinen Zweifeln im Gepäck. Schaffe ich das alles? Ich werde einfach kämpfen. Ist dies der richtige Weg für mich? Das werde ich schon sehen. Wichtig, dachte ich, ist es einfach, einen Schritt vor den anderen zu setzen. Und so ging ich und landete ein Jahr nach meiner Scheidung in meinem Doppelleben.

„Jedem Anfang wohnt ein Zauber inne", sagte einst Hermann Hesse, und recht hat er. Mein erster Freier war ein typischer Unternehmer, selbstsicher, ein wenig selbstverliebt, südländisch, gutaussehend und auf Kokain. „Sehr typisch", dachte ich mir. Beim Sex war der Mann eine Granate, der Akt selbst hatte etwas typisch Pornographisches an sich, irgendwie machte es mir so richtig Spaß. Er wollte immer wieder, dass ich ihn ansehe, während ich ihm einen geblasen habe. „Schau mich an, Baby", sagte er. „Ich liebe deine geilen Augen." Diese und noch viele Komplimente ließen meinen Puls höher schlagen. Innerlich habe ich die ganze Aktion als Abenteuer gesehen, ein Abenteuer auf Zeit, ein Fick, um zu sehen, wohin er mich bringt. Als ich mitten in der Nacht in mein Auto stieg, um nach Hause zu fahren, öffnete ich meine Geldbörse. Hunderte von Euros lächelten mir entgegen. Ich schmunzelte zufrieden und mir wurde bewusst, dass ich dieses Abenteuer gerne fortsetzen möchte.

Der Beginn

Eine gute Freundin, die mittlerweile in Südamerika liebt und lebt, hat mich, bei einem Kurzbesuch in Österreich zu Kaffee und Kuchen geladen. Damals habe ich nicht annähernd an ein Leben als Hure gedacht. Wie immer redeten die gute Freundin und ich stundenlang, die Kinder spielten im Nebenzimmer Verstecken und ich berichtete aufgeregt von meinem letzten Tinder-Date am Wochenende. Leider musste ich innerhalb kürzester Zeit feststellen, dass mir diese Dates nicht viel gaben, im Gegenteil, ich hatte immer das Gefühl, nur Energie und Zeit zu verschwenden. Selten hatte ich interessante Männer und noch seltener brachten mich diese zum Höhepunkt. Meine Freundin meinte lachend, dass ich bei dem Verschleiß an Männern Geld verlangen sollte, dann wäre ich mittlerweile reich. Wir lachten.

Am Heimweg schlief mein Sohn müde und zufrieden im Auto ein und ich ließ den Abend Revue passieren. Ich kalkulierte die Männer, mit denen ich bisher Sex hatte, zusammen und multiplizierte sie mit einem Stundenlohn von 300 Euro. Tja, ein Einfamilienhaus mit Garten würde jetzt schon auf einem kleinen Stück Land stehen und auf meinen Namen geschrieben sein. Ich musste schmunzeln. Zuhause angekommen legte ich den kleinen Mann behutsam ins Bett, setzte mich an den PC, schrieb diverse Absätze für meine Masterarbeit und studierte wissenschaftliche Bücher. Irgendwie überkam es mich und ich recherchierte diverse Fachartikel zum Thema Prostitution und Escortservices. Ich fand lukrative Angebote und seriöse Firmen und Agenturen. Es war spät geworden und ich ging direkt ins Bett.

Am nächsten Abend setzte ich mich wieder vor den Computer. Ich konnte nicht anders, wieder führte mich meine Recherche zu unzähligen Fachartikeln und Zeitschriften. Escortservice, Nutten, Huren, Sexarbeiterinnen, Hure und Mutter, Beruf und Teilzeithure – ich konnte mich nicht satt lesen und griff zum Telefon.

Die ersten Agenturen wimmelten mich ab, da ich nicht in Wien wohnhaft war. Bei meinem dritten Telefonat geriet ich an eine Frau. Ihre Stimme war verraucht und verrucht, aber trotzdem charmant und höflich. Ich teilte der Dame am anderen Ende der Leitung meine ungefähren Vorstellungen mit (Wochenend-Dienst, Selbstbestimmung, Gehaltsvorstellung und so weiter) und wir einigten uns darauf, dass ich ein paar Bilder an die Agentur schicke. Gesagt, getan. Schon am nächsten Tag schickte ich der Agentur diverse Nacktfotos und erotische Bilder von mir in verschiedenen Dessous. Die Agentur meldete sich kurz darauf. Zwei Wochen später hatte ich ein professionelles Shooting und schon wurden – mit meinem Einverständnis – die Bilder im Netz hochgeladen. Man konnte mich am Wochenende buchen. Es dauerte nicht lange und das Telefon klingelte, die ersten Buchungen kamen herein und ich war überfordert, aber gleichzeitig glücklich, aufgeregt und aus dem Häuschen. Viele Fragen machten sich in meinem Kopf breit. Was ziehe ich an? Was brauche ich? Wie schütze ich mich? Im Folgenden werde ich eine kleine Anleitung für das 1x1 als Escort geben, es ist nämlich wichtig, sich selbst und andere zu schützen. Dazu gehört es, verschiedene Maßnahmen zu treffen:

Das kleine Huren-1x1

- Regelmäßige Gesundheitsuntersuchungen (inklusive Blutabnahme)
- Prostitutionspass (Wichtig bei polizeilichen Kontrollen!)
- Nur für seriöse Agenturen arbeiten, die personelle Sicherheit bieten (Chauffeur, Hinterlegung der Kontaktdaten der Kunden, etc.)
- Ein gewisser Teil der Einnahmen wird an die Agentur abgegeben; immer darauf achten, dass die Agentur nicht zu viel abcasht

- Kondome immer dabeihaben und auf die Benutzung dieser bestehen! (Viele Kunden haben mir das Dreifache für Sex ohne Gummi geboten – NEIN!)
- Öl für Massagen
- Gewand und Outfits zu wechseln, vor allem Unterwäsche
- Eventuell ein kleiner Koffer mit diversen Artikeln für die Körperpflege (Duschgel, Shampoo, Zahnbürste, Deo, Makeup, etc.). Viele der Kunden entscheiden sich für eine spontane Verlängerung der Stunden und wollen dann eventuell noch gemeinsame Aktivitäten unternehmen (Essen gehen, Theater, Musical, Kino, Tanzen, etc.)
- Natürlich muss man der Agentur mitteilen, welche Dienstleistungen man zur Verfügung stellt, für den Fall, dass man auch mal in die Rolle der Domina schlüpfen möchte, wären Peitschen und Co. von Vorteil
- Ich kann empfehlen, sich für die Arbeit als Escort einen Steuerberater bzw. eine Steuerberaterin zu nehmen, diese helfen einem durch den Dschungel an Finanzen und Zahlung. Ich persönlich konnte mein Auto, Dessous, Kondome, Öl etc. von der Steuer absetzten!

Als Jungfrau in die Selbstständigkeit

Unter der Woche arbeitete ich in einer Einrichtung als Sozialarbeiterin. Oft klingelte mein Handy und Buchungen wurden mir durchgegeben. Es war immer wieder spannendd, nicht zu wissen, wer mich gebucht hatte. Am Freitag hatte ich zu Mittag Dienstschluss, musste schnell nach Hause, duschen, mich schminken, vorbereiten und dann ging es direkt ab nach Wien. Mir war es wichtig, an einem sicheren Ort zu parken, also beschloss ich für mich, den etwas teureren Parkplatz eines Hotels zu nutzen. In dem Hotel genoss ich immer ein Glas Wein, mehr nicht, denn ich denke, es ist sehr wichtig, als Escort nüchtern zu bleiben, keine Drogen, kein Alkohol. Die Manager des Hotels lernten mich mit der Zeit immer besser kennen. Zuerst wurde ich angestarrt und beobachtet. Kein Wunder, bei solchen Outfits. Am liebsten trug ich mein schwarzes Kleid, die Brüste in einem Bustier ordentlich zur Geltung gebracht. Darunter Reizwäsche und immer Strapse oder Strumpfhosen, knallroter Lippenstift und die Haare zu Locken gedreht. Nach kurzer Zeit wusste ich, was die Manager vermuteten – eine Nutte bei Tisch 3 mit einem Glas Chardonnay. Mitten in der Nacht klingelte ich die Bediensteten aus dem Hotel, um wieder an mein Auto und in die Parkgarage zu kommen. Mit einem Blick, der Bände sprach, wurde mir die Tür geöffnet. Tja, so wusste ich, dass ich in dieser Nacht ungefähr das Zehnfache vom Hotelmanager verdient hatte. Deshalb gab ich auch immer ordentlich Trinkgeld. Auch die Chauffeure wurden für ihren Dienst ordentlich entlohnt, und so wurde ich zur beliebten First-Class-Hure unter den Nutten Wiens.

Angebot und Nachfrage

In meiner Zeit als Hure hatte ich viele Ärzte. Die Doktoren waren eigentlich die eigenartigsten Männer in diesem Etablissement. Verrückte Wünsche und teilweise grenzwertige Vorstellungen wurden verlangt. Ein Primararzt aus dem Wiener AKH wollte, dass ich seine Wohnung in einem Putzfrauen-Outfit reinige, dabei gab er mir ganz konkrete Anweisungen. Ich musste ungezogen und schlampig sein und für dieses Verhalten sollte mich eine Dame, eine bekannte Rechtsanwältin aus Niederösterreich, bestrafen. So bekam ich immer wieder Peitschenschläge auf meinen Po, auf die Oberschenkel und auf die Brüste. Danach musste ich dem Herrn Doktor ins Gesicht pinkeln und die Rechtsanwältin schaute erregt zu. Zwei Stunden und einiges an Geld später verließ ich das Haus im ersten Bezirk und war wieder einmal verwundert über die Menschheit und ihre Vorlieben.

Ein weiterer Kunde hatte eine eigene Wohnung, nur für seine Escort-Damen. Dieser Kunde hatte sich durch den Verkauf von Wohnungen in ganz Wien und Niederösterreich eine goldene Nase verdient. Der Chauffeur parkte wie immer etwas weiter weg und wartete im Auto auf mich. Ein Mann mittleren Alters, der von meinem Aussehen und meiner Ausstrahlung ganz angetan war, holte mich vom Haupteingang ab. Wir fickten gut und hart, am Schluss spritzte er in mein Gesicht. Er gab mir für diese Sauerei 300 Euro Trinkgeld. Seitdem stehe ich auf Sauereien. Wichtig ist es, immer vorher zu kassieren, Trinkgeld gibt's danach. Viele der Männer wollen im Nachhinein nicht den vollen Preis zahlen. Die Agentur verlangt grundsätzlich einen Fixpreis pro Stunde, es ist jeder Escort-Dame freigestellt, Aufschläge zu verlangen. Ich habe meine Preise nie fix gemacht, bei Studenten habe ich oft „nur" 100 Euro zusätzlich für Anal verlangt, wenn ich wusste, dass derjenige einen Monat für meinen Besuch gespart hatte. Oft konnte ich schnell herausfinden ob der Kunde im Geld schwimmt oder eben nicht. Anhand der Wohnung, des Hauses, der Kleidung, etc. konnte ich schnell feststellen, ob der Kunde bereit war, mehr zu geben oder nicht.

Die jungen Jahre

Die jungen Männer und Studenten waren die angenehmste Kundschaft, aber auch da gab es, wie so immer im Leben, auch Ausnahmen. Dennoch legten die Jungs großen Wert darauf, mich auch zu befriedigen, und viele schafften das auch. Natürlich habe ich nach 2–3 Freier meinen Höhepunkt oft vorgetäuscht – ich wollte schon als kleines Kind Schauspielerin werden. Dieses Spielen half mir in vielen Situationen und brachte mich zu mehr und mehr Geld. Die Männer fühlten sich bestätigt, sobald ich laut aufschrie und stöhnte. Meiner Lust ließ ich immer freien Lauf. Das gefällt den meisten Männern.

Mehr ist mehr

Ich bin 163 Zentimeter groß und wiege 74 Kilogramm, bin also nicht gerade zierlich, sondern eher füllig und mollig. Die Männer stehen drauf und ich muss manche Buchungen absagen, da meine Kapazitäten begrenzt sind. Ich schaue sehr gut auf mich – wenn mir der Spaß vergeht oder ich das Gefühl habe, es reicht, dann höre ich auf. Ich arbeite auch selten 2 Tage hintereinander, denn Ficken macht müde. Die meisten Männer lieben meinen Arsch. Mein Hintern ist groß und fest, dass mögen die Männer. Es ist grundsätzlich so, dass die Männerwelt beim Ficken weder auf das Körpergewicht noch auf Cellulite achtet. Die meisten Männer spüren, ob man bei der Sache ist, sich fallen lässt, seine Lust lebt.

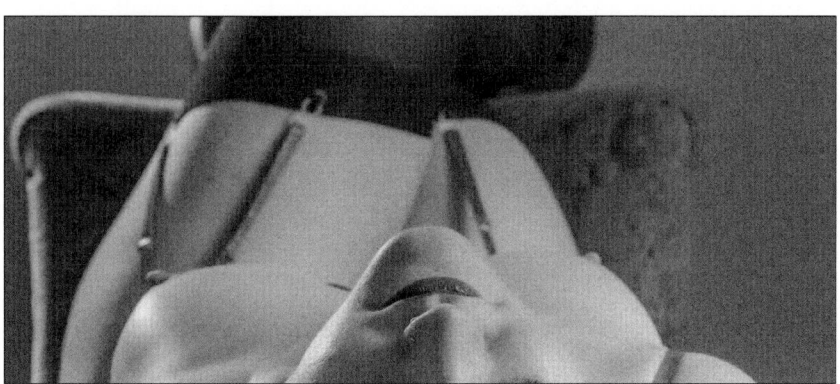

100 Prozent

Natürlich kann man sich als Escort nie zu 100 Prozent fallen lassen. Es ist wichtig, immer geschäftlich zu denken, man muss auf viele Dinge achten. Die Handtasche sollte immer verschlossen und in Reichweite stehen, es gab schon Kunden, die haben sich am Geld der Huren bedient. Wichtig ist, wenn man nach dem Sex duschen geht, um sich für den nächsten Kunden bereit zu machen, die Handtasche auch ins Bad mitzunehmen. Um die Zeit nicht zu übersehen, sollte man sich immer einen Wecker stellen, folgende Regel gilt: 45 Minuten quatschen, massieren, ficken, etc., 15 Minuten duschen und frisch machen. Vor der Dusche und dem frisch machen den Chauffeur oder die Agentur benachrichtigen, damit man rechtzeitig abgeholt wird. Vor dem Ficken immer die Wunschliste der Kunden durchgehen und den Preis festlegen, auch in diesem Fall gibt man der Agentur über die Dauer des Aufenthalts Bescheid, denn die Agentur muss wissen, für wann sie die nächste Buchung festsetzen kann und wann man wieder abzuholen ist.

Analtiger

Einen meiner Stammkunden nenne ich zärtlich Analtiger. Er möchte immer mein Arschloch lecken, und das stundenlang. Er zahlt gut und schaut obendrein noch aus wie ein junger Barack Obama. Er bucht mich ein paarmal im Monat und wir freuen uns immer über ein Wiedersehen. Seine Wohnung liegt mitten in Wien und wir ficken so laut, dass uns alle hören können. Ihn stört das gar nicht und mich sowieso nicht. Viele der Männer wollen in mein Arschloch, deshalb habe ich hier den Preis auch hoch angesetzt. Es ist gut, dass ich schon immer auf Analsex stand. Einer meiner ersten Freunde im Jugendalter hat mein Arschloch entjungfert. Ich hatte höllische Schmerzen und fand es gleichzeitig irgendwie geil. Umso öfter ich einem Schwanz Zutritt zu meinem After gewährte, umso geiler und schmerzfreier wurde es. Die Kunden müssen quer durch die Bahn mein Öl verwenden, manche haben einfach ziemlich große Schwänze und ich habe echt keine Lust auf Risse in meinem Anus. Mein Arschloch ist mir heilig. Noch heute bin ich meiner Großmutter sehr dankbar, denn Sie hat mir den Hintern vererbt. Die guten Gene liegen in meiner Familie und wurden zum Glück an die Enkelkinder weitergegeben.

Ejakulation am Oberschenkel

Ich will ja nicht sagen, dass ich es nicht probiert hätte. Immer wieder habe ich auch privat, wenn der kleine Sohn beim Papa war, Dates vereinbart. Zum einen war ich aber meistens sehr enttäuscht, zum anderen habe ich in diesen Stunden oft das viele Geld, das mir in diesem Zeitrahmen durch die Lappen ging, gezählt. Die meisten Männer konnten mich nie richtig begeistern. Egal ob gutes Essen, nette Geschichten oder Geschicklichkeit im Bett, die Faszination und das Gefühl von Nähe oder Verbundenheit blieb aus. Ich glaube, manchmal wollte ich dazwischen einfach ganz simple Dates haben, um mich wieder wie ein normales Mädchen zu fühlen. Vom Zahnarztstudenten bis hin zum Oberarzt, der mich verführt hat, unzählige Männer haben mich zum Stöhnen gebracht. Ich kann mich noch gut an mein erstes Date nach der Scheidung erinnern, ein Musiker aus Wien. Er kam natürlich mit Gitarre, um meine Schenkel schneller zu öffnen. Er sah gut aus, sehr gut sogar. Doch ich muss euch leider enttäuschen, so gut seine Finger die Saiten der Gitarre zupften, so schlecht spielte er mit den Lippen meiner Muschi. Er spielte lange auf seiner Gitarre, als wir von Bob Dylan bei Neil Young angelangt waren, nahm ich die Gitarre von seinem Schoß, setzte mich auf ihn und leckte ihm übers Gesicht. Er war verblüfft und überfordert, und genau diese Tatsache machte mich scharf. Er nahm mich an der Hand und wir gingen ins Schlafzimmer. Ich zog mich aus. Ich trug einen schwarzen durchsichtigen BH, meine harten Nippel drückten sich durch den leichten Spitzenstoff. Mein Höschen war klein, eng und kurz und die Feuchtigkeit meiner Muschi zeichnete sich ab. Ich legte mich auf das Bett, schob mein Höschen zur Seite und spielte mit meiner Pussy. Dazwischen leckte ich mir die Finger, um zu sehen, wie ich schmeckte. Ich rubbelte meine Klitoris und steckte 2 Finger tief in meine Scheide. Er packte seinen Schwanz aus, voller Erregung und Begierde riss er sich die Hose und Unterhose vom

Körper. Dann legte er sich über mich und schon passierte es, er kam auf meinem Oberschenkel. „Es ist, wie es ist", sagte meine Großmutter immer, und recht hat sie. Unbefriedigt und mit schlechter Laune ging ich ins Bett. In dieser Nacht träumte ich von einer Schlange, einem Symbol für Sexualität und Leidenschaft, die aber leider ausblieben.

Grenzen ohne Ärzte

Ich kann mich noch gut an mein Date mit einem Oberarzt aus Niederösterreich erinnern. Die Bilder auf der Dating-Plattform waren so typisch: Ein Foto beim Sport, ein Foto im Urlaub, ein Foto im Anzug und ein Bild im Ärztekittel. Aber genau diese primitive Art und Weise, Fotos von sich preiszugeben, hat mich angesprochen. Nach einem kurzen Austausch haben wir uns zum Essen getroffen. Er war ein kleiner Mann mit einem Selbstbewusstsein, das so groß ist wie der Eiffelturm. Irgendwie war das nicht wirklich erregend, diese Selbstdarstellung. Er war fast ein bisschen eingebildet. Beim ersten Date hatten wir Sex in seinem Loft. Es war ganz nett, aber eben nur nett.

Psychotherapeutin für den Familienvater

Die meisten Männer brauchen eine Frau zum Reden. Viele meiner Kunden wollten sich vor oder nach dem Sex stundenlang unterhalten. Ich bekam viele intime Einblicke in ihre Welt. Sie redeten über die Arbeit, das Geld, die Familie, die Frau, die Kinder. Einmal hatte ich einen Auftrag bei einem Familienvater. Die Wohnung war groß und überall hingen Bilder von den Kindern. Er führte mich durch das Vorzimmer und Wohnzimmer in die Küche. Dort standen wir also und rauchten eine Zigarette. Der Mann zitterte und konnte sie nicht einmal anzünden. Es war sein erstes Mal mit einer Escort-Dame. Er hatte eine Glatze, trug Brille und war nicht wirklich schön anzusehen. Wir kamen ins Gespräch, er erzählte mir zwei Stunden seine Lebensgeschichte. Schlussendlich lagen wir kuschelnd im Bett. Das war genau das, was ihm gefehlt hatte, Nähe und Kuschelsex. Ich streichelte seine Glatze, küsste seinen Hals, massierte die Beule, die sich in der Hose bemerkbar machte. Wir streichelten und massierten uns für über eine Stunde, dann setzte ich mich auf ihn. Ich bewegte mich nicht viel, stattdessen trainierte ich meine Beckenbodenmuskulatur so wie nach der Geburt (Scheidenmuskel öffnen und schließen). Er kam sofort und weinte.

Der Franzose
aus Italien

Ich hatte Lust auf Waschbrettbauch und Pornofick. Tinder. Ein gebürtiger Franzose, der in Italien aufgewachsen ist, lud mich zum Essen ein. Es gab einen frischen Gartensalat mit selbstgemachtem Kräuterbrot und Avocado-Dip. Der Typ wohnte in einer verwinkelten, sehr großen Wohnung mit Glasscheiben am Boden, durch die man in die anderen Zimmer blicken konnte. Wir tranken einen Tropfen Wein, aßen und lachten. Zu später Stunde zog ich mich aus, er packte mich, schulterte mich und trug mich ins Schlafzimmer. Dort legte er mich auf das Bett, er schob mein Höschen zur Seite und drang in mich ein. Schon lange hatte ich keinen so guten Sex mehr gehabt. Wir fickten wie die Karnickel, die ganze Nacht. Noch nie hatte ich einen Mann mit einem so wunderschönen Körper. Er war eine Mischung aus Adonis und Olivier Martinez. Ich konnte mich nicht sattsehen. Immer wieder musste ich sein Sixpack berühren. Ich strich mit meinen Fingern über seinen Bauch, als wäre er ein Musikinstrument, das erst noch gespielt gehört. Seine Arme waren sehr stark und muskulös, man konnte die Adern vom vielen Trainieren sehen. Gott, was für ein Anblick, ich musste mich bemühen, nicht zu sabbern.

Der Scheich
aus Saudi-Arabien

Mein Telefon klingelte und die Agentur rief wieder mal an, um mir eine Buchungsanfrage durchzugeben. Im Raum stand die Frage, ob ich mir vorstellen könnte, ein Ehepaar zu verwöhnen. Am selben Tag schickte mir die Agentur einen ganzen Bilderkatalog mit Steckbrief zu – das Ehepaar stellte sich höchstpersönlich bei mir vor. Ein Scheich aus Saudi-Arabien und seine Frau wollten ein Abenteuer wagen, ein höchst seltenes Bild. Man muss wissen, Prostitution ist in Saudi-Arabien illegal und wird mit Peitschenhieben und Gefängnisstrafe bestraft. In diesem Fall musste das Ehepaar für die Peitschenhiebe bezahlen, das ließ mich schmunzeln. Die Buchungsanfrage kam schon Monate vor dem tatsächlichen Termin bei mir an, ich hatte also genug Zeit, um mich vorzubereiten. Vor allem die Vorfreude ließ mein Herz höherschlagen. Am besagten Abend brachte mich ein Chauffeur in ein ziemlich edles Hotel in Wien. Zimmer 306. Ich klopfte an die Tür. Eine Dame mittleren Alters öffnete mir die Tür, ihr Händedruck war sehr sanft und man konnte ihre Nervosität sehen und spüren. Sie führte mich durch einen Vorraum in das Foyer und dann ins Wohnzimmer. Dort saß er, der Scheich. Er trug einen weißen Thawb, ein traditionelles Kleidungsstück der Männer aus der Wüstenregion der Arabischen Halbinsel. Er lächelte mir zu und sah mir tief in die Augen, das machte mich auf Anhieb scharf. Auf den Fingern trug er dicke und fette Goldringe, am Tisch standen Erdbeeren und Sekt. Er deutete mit seinen Augen auf einen freien, sehr edlen Couchsessel. Ich wusste, ich sollte mich setzen. Seine Frau setzte sich neben mich. Wir führten Smalltalk auf Englisch, aßen Erdbeeren und tranken Sekt. Natürlich trank ich nur ein Gläschen. Seine Frau schwärmte mir vor, dass sie und ihr Mann schon lange auf der Suche nach einem Abenteuer sind. Auf geschäftlichen Reisen durch die ganze Welt sind die beiden durch Zufall auf meine Bilder gestoßen. Ihr Mann habe sich sofort in mich verliebt. Wir plauderten und plauderten und aus dem Smalltalk entwickelte sich ein tiefgründiges Gespräch. Der Mann räusperte sich und unterbrach uns. Er gestikulierte, seine Frau nickte, stand auf und zog mich hoch aus meinem Sofasessel. Sie begann, vorsichtig über meine Haare zu streichen, und dann zog sie sich langsam aus. Noch nie habe ich eine Frau mittleren Alters mit so einer schönen Figur gesehen. Ich küsste ihren Nacken, streichelte sanft über ihre wunderschönen und großen Brüste, ich zog sie an mich und küsste sie. Es war wirklich sehr schön. Der Mann schaute erregt zu und ich bemerkte, dass er wie in Trance war. Dann stand er auf, ging zu seiner Frau, nahm sie an der Hand und führte sie zu einem überdimensionalen Bett. Dort zog er sie aus und fickte sie vor meinen Augen. Es war wunderschön, dieses Liebesspiel mit anzusehen. Die Frau setzte sich auf, drehte sich zu mir und meinte, ich solle doch dazustoßen. Der Scheich sagte irgendwas auf Arabisch und die Frau nickte. Sie meinte, ich solle mich auf ihn setzen. Ich zog mich bis auf meine Unterwäsche aus, meine Strapse ließ ich auch an. Ich ging auf alle viere und beugte mich über den Araber, ich wollte ihm ganz nahe sein. Ich sah ihm tief in die Augen und flüsterte: „Please fuck my ass", was in meiner Übersetzung bedeutet, dass er doch bitte meinen Arsch ficken möge. Das war zu viel für ihn, sein Schwanz berührte nur die Innenseite meines Oberschenkels und er spritze ab. Irgendwie war das ein wirklich amüsanter Abend. Auch wenn es sich vielleicht komisch anhört, aber die Männer, die durch mein bloßes Auftreten ohne körperlichen Einsatz abgespritzt haben, die waren auf eine Art und Weise eine Bestätigung für mich.

Liebe lieber ungewöhnlich

Seitdem ich als Hure in das Geschäft der Nacht eingestiegen bin, habe ich mich von mir selbst entfremdet, ich bin auf eine Art und Weise gefallen, die ich so bisher nicht gekannt habe. Irgendwie erfüllt mich meine Arbeit, sowohl die Arbeit als Sozialarbeiterin als auch die Arbeit als Hure. Als Mutter gehe ich in meiner Rolle auf, aber dennoch glaube ich, dass es im Leben einer Frau mehrere weibliche Etappen gibt. Zum Beispiel gibt es den Weg der Kaiserin, der Göttin, der Heiligen, aber eben auch Persönlichkeitsmerkmale der Geliebten, der Verruchten, der Hure, wenn man so will. Diese weiblichen Anteile anzunehmen, zu leben, sich zu entwickeln, das ist meine Erfüllung, das ist mein für mich persönlich gewähltes Leben.

Privatleben einer Hure

Grundsätzlich lebe ich mit meinem Sohn ein eher ruhiges Leben. Wir unternehmen gerne Sachen, fliegen so oft es geht in den Urlaub und haben eine achtsame und respektvolle Haltung im Miteinander. Mein Sohn und ich entwickeln uns ständig weiter und ich genieße es, viel Zeit mit ihm zu verbringen. Durch meine Arbeit als Hure kann ich mir eine Teilzeitarbeit als Sozialarbeiterin gut leisten und es bleibt uns genug Geld, um zu reisen, Ausflüge zu tätigen und gut zu essen. Ich möchte mir und meinem Sohn ein gutes Leben bieten, und ich denke, das habe ich geschafft. Natürlich mache ich mir Gedanken über die Entwicklung meiner Ausübung als Hure. Mein Sohn ist noch sehr klein und am Wochenende bei seinem Papa, aber was, wenn er älter wird? Enttabuisierung im Sinne der totalen Aufklärung? Nein, ich denke, dieses Doppelleben ist ein Balanceakt einer sehr intimen Welt. Diese Welt gehört mir, Anonymität muss gewährleistet sein und Diskretion steht auf der Agenda ganz oben.

Weisheiten einer Hure

Ich lese viel und gerne. Manche der Weisheiten und Übungen, die ich versuche, Menschen in Not zu vermitteln, stehen in Verbindung mit der literarischen Fülle, die uns umgibt. Ich bin davon überzeugt, dass wir unsere Gedanken trainieren können, jeder auf seine Art. Ich meditiere gerne, das bringt Ruhe in mein Leben. Mein Sohn lebt sich kreativ aus und beruhigt sich auf diese Weise. Auch ausgiebige Spaziergänge oder kleine Wanderungen an der frischen Luft und in der Natur helfen uns, wieder in unsere Mitte zu finden. Ich glaube, erst dann, wenn man seine Aufmerksamkeit immer wieder auf das Gute legt, ist eine Vermehrung möglich. Achtsamkeit und Nächstenliebe sind der Schlüssel zur inneren Zufriedenheit. Tägliche Rituale sind für unseren Geist und Körper ebenso wichtig. Zusätzlich bete ich. Ich bete für Frieden und Liebe. Und schlussendlich bedanke ich mich. Ich denke, Dankbarkeit ist für mehr Fülle im Leben essenziell.

Meditation einer Hure

Meditieren ist heutzutage zu einer eigenen Wissenschaft geworden. Es gibt in diesem Bereich unzählige Angebote. Am einfachsten – finde ich persönlich – ist es, eine angenehme Haltung einzunehmen, sei das im Sitzen oder im Liegen. Und auf die Atmung zu achten, zu Beginn einfach nur achtsam den Atem wahrnehmen. Achtsamkeit. Dann kann man sich vorstellen, wie der Atem aus goldenem Licht den Körper erfüllt und jeden Körperteil Schritt für Schritt umhüllt. Im Prinzip ist Meditation nichts anderes, als „das System", also den Körper auf Ruhemodus zu stellen, wie einen Wecker. Ob wir das beim Sport tun, beim Sex oder beim Kochen, das bleibt unsere Sache, allerdings kann meditieren zu mehr Achtsamkeit führen, und genau diese Achtsamkeit bringt uns im Leben weiter.

Zukunft

Wenn unsere Gedanken unsere Welt erschaffen, dann ist es an der Zeit, diese neu zu denken. Wenn man etwas zwei Jahre lang getan hat, dann soll man es gut überprüfen. Wenn man etwas fünf Jahre lang gemacht hat, sollte man es misstrauisch betrachten, und wenn man etwas mehr als zehn Jahre lang macht, sollte man es anders machen, sagte einst Mahatma Gandhi. Ich lege meine Arbeit als Hure nieder, nicht aber die innere Hure meiner weiblichen Kraft. Ich bin und bleibe eine Hure, Teile von mir werden immer Hure bleiben. Viele Frauen haben viele verschiedene Eigenschaften. Die Hure sollte nicht verpönt oder ausgeschlossen werden. Es ist wichtig, diese Teile anzunehmen, sie zu leben, zu ehren und zu achten. Aber ich bin nicht nur Hure, ich ehre und achte auch die liebevolle Mutter in mir. Ich lebe die Königinnen-Energie und auch das innere Kind darf beachtet werden. Ich werde mit dem Verkauf von diesem Buch in die Sonne fliegen. Das ist die Zukunft. Die Zukunft beginnt JETZT.

Psychotherapie im Etablissement

Wie ich schon erwähnt habe, wollten die meisten Männer einfach reden. Sex und Aufmerksamkeit. Ich finde diese Tatsache und die daraus resultierte Erkenntnis recht spannend, deshalb widme ich diesem Aspekt ein eigenes Kapitel. Viele der Männer wollten nur ficken, ganz klar, aber danach bekam ich immer viele Geschichten zu hören. Die meisten der Geschichten waren sehr belanglos, einige aber auch spannend. Aber egal, was es war, ich hörte zu. Manchmal, aber sehr selten, wenn ich viel im Kopf hatte, spielte ich dieses Zuhören. Aber den meisten Kunden gab ich meine volle Aufmerksamkeit. Wenn man ein wenig feinfühlig ist, spürt man genau, was die Männer brauchen. Das ist die Kraft der Frau. Intuition. So habe ich intuitiv gehandelt und somit viele Stammkunden gewonnen. Ich möchte und kann an dieser Stelle nicht näher auf die Kundinnen und Kunden eingehen, wie gesagt, absolute Diskretion ist für eine gute Hure die Voraussetzung. Wenn ich eines gelernt habe, dann Aufmerksamkeit zu geben, sowohl im privaten als auch im beruflichen Leben. Achtsam im Umgang miteinander zu sein, und wenn es sein muss, geht am Arsch vorbei auch ein Weg. Ich wünsche der Menschheit mehr feuchte Träume, mehr Liebe und mehr Achtsamkeit. Amen.

Feuchte Träume

Ich habe immer wieder feuchte Träume, die sexuelle Energie ist sogar in meinem Unterbewusstsein sehr stark präsent. Oft nimmt mich mein Chef in diesen Träumen so richtig ran. Meistens befinden wir uns in seinem oder meinem Büro. Immer wieder ist er der Dominante in der Beziehung. Ich finde diese fast schon ersehnte Lust amüsant und aufregend, da ich ja in meinem Job als Hure fast ausschließlich die Dominante bin. Es ist so, die Männer in der heutigen Zeit sind nicht dominant, im Gegenteil, viele Männer sind devot und unterwürfig. Wählen das volle Programm, enden aber nach zwei Minuten mit einem Samenerguss heulend auf meinem Schoß. In meinem Privatleben masturbiere ich regelmäßig, trotz des vielen Sex. Ich brauche diese Verbindung zu mir selbst, meiner eigenen Sexualität zu mir. Ich schaue mir sehr gerne Pornofilme an, am liebsten alleine, aber auch gern zu zweit. Das ist, wie wenn man eine Sportart erlernen möchte. Im Beobachten liegt der Schlüssel zum Erfolg. Pornofilme turnen mich an, ich werde richtig geil und möchte es mir selbst besorgen.

Namensänderung

Natürlich arbeite ich als Hure unter einem anderen Namen, aber ich habe auch eine andere Identität angenommen. Ich rede nicht über mein Privatleben, gebe so wenig wie möglich von mir Preis. Das ist wichtig in diesem Job, denn es gibt Männer, die stalken, Männer, die sich verlieben, und Männer, die schlussendlich verrückt sind. Was die Identität betrifft, habe ich verschiedene Gesichter, je nach Geschmack des Mannes. Es gibt Männer, die geben ganz konkrete Anweisungen – Kleidungsstil, Aussehen, Haare, Unterwäsche und so weiter, dann gibt es Männer, denen ist das Erscheinungsbild nicht so wichtig, aber im Grunde geht es darum, auf den Mann einzugehen, seine Vorlieben zu erkennen und diese auf sexuelle und spielerische Art und Weise für einen Abend zu leben.

Villa Kunterbunt

Ein einziges Mal in meiner Zeit als Hure war ich am Land in einer großen Villa. Die Agenturmitarbeiterin meinte, der Kunde wolle SM, also Sadomaso. Ich selbst hatte nur ansatzweise Erfahrung mit SM-Spielen gemacht und war sehr nervös. Zudem war ich sehr schlecht ausgestattet was Spielzeug – wie sich später herausstellte, Werkzeug – betraf. Der mir unbekannte Mann wollte meine Trink- und Essvorlieben wissen und bat um ein Outfit komplett in Leder. Ich fand zum Glück einen alten Body aus Leder, den ich mir zum Spaß im Urlaub gekauft hatte. Darüber eine schwarze Bluse aus Seide und ein kurzer Rock, ebenfalls aus Leder. Der Body hatte zudem eine Schnur, die man um den Hals wickeln musste. Rote Lippen, Strapse und meine Nutten-Stiefel. So viel Gewand ich auch habe, ich besitze für meinen Job als Nutte nur ein paar Schuhe. Der Mann war sehr höflich und zuvorkommend, er sah zwar nicht aus wie Mr. Grey aus *50 Shades of Grey*. Obwohl ich finde, dass der Schauspieler nicht sehr attraktiv ist – dennoch hatte der Leder-Fetisch-Typ-Charisma. In der Auffahrt standen viele schöne und teure Autos. Wir gingen durch den Garten, an der Villa vorbei und kamen zu einer etwas abgelegenen Hütte. Der ganze Garten war wunderschön und ich mochte die Atmosphäre. Ja, ich fühlte mich wohl, dennoch war ich etwas aufgeregt. Der Mann begleitete mich zu einem Tisch, darauf stand eine Flasche eines guten Weines, Erdbeeren und viel Geld. Wir plauderten eher über belanglose Dinge. Und dann kam er zum Punkt, an dem er meinte, dass ich nur so weit gehen soll, wie mir das passt und er erzählte von seinen Vorstellungen, vom Ampelsystem und von den Grenzen. Das Ampelsystem ist nichts anderes als ein Stop-and-go-System. Sagt man das Wort „Rot", muss sofort unterbrochen werden und man hört auf, egal bei was. Dann führte er mich in das Holzhaus. Am Tisch und auf der Bank lagen viele Spielsachen und eben auch Werkzeuge, die ich noch nie gesehen hatte. Alle Sachen waren feinsäuberlich verpackt und steril, von Penispumpe bis Körperkerzen, von Klammern bis Analkugeln, von Peitschen bis zu Dingern, die aussahen wie ein Pizzaschneider. Es war wirklich alles da. Innerlich war ich total überfordert, gleichzeitig freute ich mich auf ein neues Abenteuer. Innerhalb kürzester Zeit bemerkte ich, dass ich in der Rolle als Domina zu 100 % aufging. Der Herr musste mir die Schuhe lecken – ich befahl ihm, sie vollkommen sauber zu lecken. Und so leckte er brav und eifrig wie ein kleiner Hund, der auf seine Belohnung wartet. Danach packte ich ihm bei seinen Haaren und zog seinen Kopf fest zurück. Ich befahl ihm, mich Herrin zu nennen, und sprach ihm verschiedene Sätze vor, die er nachsprechen musste. „Herrin, verführe mich", oder „Herrin, du bist die geilste Frau in diesem Land".

Ich kann euch gar nicht sagen, was in diesen zwei Stunden alles abging, es war ein einziges Spiel aus Leidenschaft, aus Grenzgängen auf einer Spielwiese der Dominanz und Unterwerfung. Ich hatte richtig Spaß. Dann fiel mir ein, dass ich die Wäsche in der Waschmaschine vergessen hatte, und ich wurde richtig böse. Ich schnallte dem Mann die Penispumpe um den Schwanz, zwang ihn in die Knie und steckte ihm einen schönen großen Dildo in den Arsch. Er schrie auf. Ich wurde geil. Ich pumpte und pumpte, sein Schwanz wurde rot und violett und er schrie laut auf: „Rot". An diesem Punkt musste ich leider aufhören. Der Mann war erledigt und erschöpft und ließ sich auf seinem Sofa nieder. Ich stülpte ein Kondom über seinen Schwanz und begann zu blasen. Sein Schwanz wurde hart und groß wie eine Gurke. Ich setzte mich auf ihn und ritt den Ritt meines Lebens.

Weinbauer auf den Seychellen

An einem verregneten Wochenende buchte mich ein bekannter Winzer aus dem Burgenland. Ich musste im Vorgarten durch das Fenster, da sich im Hof Gäste befanden. Das war einerseits abstrus, andererseits fühlte ich mich wie 16. Ich kann mich noch gut an den komischen Geruch bei diesem Herrn erinnern, es roch wie nach dem Hamsterstreu von unserem Haustier. Mir ekelte es. Der Mann war dick und hässlich, aber sehr charmant und zuvorkommend. Ich beschloss, ein Glas Wein zu trinken und mich wieder zu verabschieden. Irgendwie schaffte ich es, mich selbst umzustimmen. Ich ließ mir die Muschi lecken und dann passierte es, nach kürzester Zeit hatte ich einen Orgasmus. Diese Aversion, dieser Ekel, dieser Abneigung, das alles führte bei mir zu einem hohen Grad an Lust. Dieses Phänomen wiederholte sich in meiner Zeit als Hure noch öfters. Umso hässlicher der Mann, umso größer der Ekel, desto geiler wurde ich. „Schräg", dachte ich, „schräg und geil". Der Winzer verliebte sich in mich und gestand mir nach kürzester Zeit seine Liebe. Er wollte mit mir auf die Seychellen fliegen, in der Hoffnung, dass auch ich Liebe empfinden würde. Beim Preisvorschlag für eine Woche seitens der Agentur wimmelte er dann doch ab. Adios Seychellen, goodbye Winzer.

Die heilige Hure

Intuition ist unsere größte Stärke. Schon als Kinder lernen wir, auf unsere Intuition zu achten. Warum weinen Babys bei bestimmten Menschen und bei anderen nicht? Woher wissen wir, wem wir vertrauen können und wem nicht? Diese innere Verbundenheit zum Bauchgefühl gehört bewahrt, Intuition ist der Schlüssel zum Erfolg. Ich nutze meine Intuition als Mutter, als Sozialarbeiterin, als Hure und als Mensch.

DER VERLAG

VIND⚥BONA
VERLAG SEIT 1946

ein Verlag mit Geschichte

Bereits seit 1946 steht der Vindobona Verlag im Dienst seiner Bücher und Autoren. Ursprünglich im Bereich periodisch erscheinender Journale tätig, präsentiert sich der Verlag heute als kompetenter Partner für Neuautoren am deutschen, österreichischen und schweizerischen Buchmarkt. Engagement, Verlässlichkeit und Sachverstand – das sind die Grundpfeiler, auf denen der Verlag seit jeher sicher steht.

Sie möchten mit Ihrem Werk das vielseitige Verlagsprogramm bereichern? Der Vindobona Verlag garantiert Ihnen eine professionelle Prüfung Ihres Manuskriptes durch das Lektorat sowie eine zeitnahe Rückmeldung.

Genauere Informationen zum Verlag finden Sie im Internet unter:

www.vindobonaverlag.com